RETRATOS

Roseana Murray

Ilustrações de Beth Kok

IBEP

© IBEP, 2012

Edição	Célia de Assis
Coordenação de arte	Karina Monteiro
Assistência de arte	Marilia Vilela
	Tomás Troppmair
Produção editorial	José Antonio Ferraz
Assistência de produção editorial	Eliane M. M. Ferreira
Revisão	Berenice Baeder
Fotos	Acervo pessoal Roseana Murray

CIP-BRASIL. CATALOGAÇÃO-NA-FONTE
SINDICATO NACIONAL DOS EDITORES DE LIVROS, RJ

M962r

Murray, Roseana, 1950-
    Retratos / Roseana Murray ; [ilustrações de Beth Kok]. - São Paulo : IBEP, 2012.
    32p. : il. ; 21 cm

    ISBN 978-85-342-3466-5

    1. Família - Literatura infantojuvenil. 2. Retratos - Literatura infantojuvenil. 3. Literatura infantojuvenil brasileira. I. Kok, Beth. II. Título.

12-7510.

CDD: 779.2092
CDU: 77.041.5

16.10.12 19.10.12   039715

1ª edição – São Paulo – 2012
Todos os direitos reservados

R. Gomes de Carvalho, 1306 – 11º andar - Vila Olímpia
São Paulo – SP – 04547-005 – Brasil - Tel.:(11) 2799-7799
https://editoraibep.com.br/ – atendimento@grupoibep.com.br

Para minha mãe

4

AVÓ

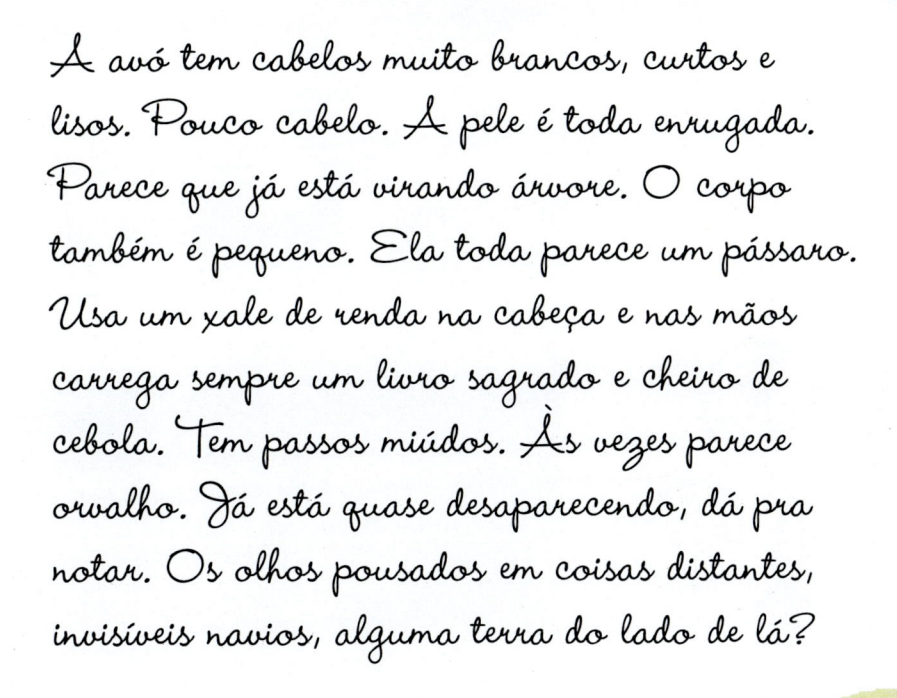

A avó tem cabelos muito brancos, curtos e lisos. Pouco cabelo. A pele é toda enrugada. Parece que já está virando árvore. O corpo também é pequeno. Ela toda parece um pássaro. Usa um xale de renda na cabeça e nas mãos carrega sempre um livro sagrado e cheiro de cebola. Tem passos miúdos. Às vezes parece orvalho. Já está quase desaparecendo, dá pra notar. Os olhos pousados em coisas distantes, invisíveis navios, alguma terra do lado de lá?

Pronto, já fez sua oração da manhã, pede por toda a família, o dia já pode começar. Na verdade seu dia é muito simples. Cozinhar para o avô, preparar biscoitos de nata para os netos, tomar cuidado para não esquecer as coisas, a cabeça cheia de nuvens. Na hora do almoço, chega o avô.

AVÔ

O avô não tem a doçura da avó. É sério, grande, pesado. Talvez pareça um urso. Come a comida que a avó prepara e sente um grande sono. E dorme e sonha que é jovem, ardente, apaixonado. Como um jovem urso.

8

Ronca. A avó olha para ele com ternura.
Ele é o seu rude e velho urso. A avó sabe
que o avô também tem mel, disfarçadamente.
Às vezes ela se deita ao seu lado e dorme também.
A louça suja fica para depois. A casa dorme
junto. Depois os dois acordam e tomam chá e
jogam dominó. Tudo muito ao jeito de antigamente.

10

A PRIMEIRA FILHA

A primeira filha tem cabelos pretos, olhos agudos. Quis estudar. Tem um pouco de urso e um pouco de orvalho. Sempre com um livro na mão.

É professora, gosta de dar aulas. Depois de casada, sua vida não é tão simples como a da avó. Precisa correr mais um pouco. Dá pra notar que está sempre indo de um lugar pra outro.

A SEGUNDA FILHA

A segunda filha é só de mel e preguiça. Parece que os dias são feitos de sonhos, feitos para ler histórias e bocejar e andar lentamente e dormir. Tem um ar de quem anda em fios invisíveis. Casou-se e teve muitos filhos. Seu marido é gordo e está ao seu lado, com cara de quem quer comer doce.

13

AS DUAS IRMÃS

A primeira filha e a segunda filha são em tudo diferentes, mas se gostam e se visitam quando podem. Os filhos das duas irmãs também são amigos. Dá pra ver que juntos fazem muitas aventuras.

15

Primos e Primas

Um primo é o mais levado de todos. Na venda da esquina o avô tem conta. Tudo é assim: na conta do avô. Os primos todos, às vezes escondidamente, pegam uma bala na conta. O primo exagerou: dez latas de leite Moça para a garotada da rua. Foi uma festa e no fim do mês uma surra.

O primo levado nem liga, vai só inventando artes. Solta os passarinhos da gaiola. Ou então alguma horrível maldade. Uma bomba amarrada no rabo do gato. Fim do ano: o primo sério, uniforme engomado, sorriso amarelo. Conseguiu passar de ano. Formatura da escola primária.

Um dia a tia estava mais uma vez com a barriga muito grande. Dentro da barriga, um primo ou prima para futuras brincadeiras. A tia, com seu sorriso intenso, maior que a barriga. Quando a tia foi para o hospital, os primos todos esperando.

NASCIMENTO

Veio uma menina linda, pequena e rosa. Todos queriam pegá-la, acariciar seus pezinhos. Quando chorava, os primos todos corriam para ver o que era. Ficou uma menina muito mimada.

O ANIVERSÁRIO

Festa de aniversário é na casa da avó. Todos os primos juntos e os amigos da rua e da escola. Um bolo enorme, a roupa mais bonita, o maior sorriso. A avó, como um passarinho piando, pra lá e pra cá, toda felicidade. Mães e pais em conversas de gente grande. No final da festa, as roupas tortas, um cansaço bom, e o corpo indo, escorregando pro país do sono.

21

UM PRIMO DE LONGE

Um primo de longe, ninguém conhece. Primo distante, veio ver a cidade, passar férias, ficou na casa dos avós. É quieto, calado. Não entra nas brincadeiras, tem uns ares de triste. A gente até se esquece dele, sempre nos cantos. Assim como veio, se foi, e nunca mais se soube dele. Quando se pergunta, a avó faz um gesto enigmático como o sorriso do primo.

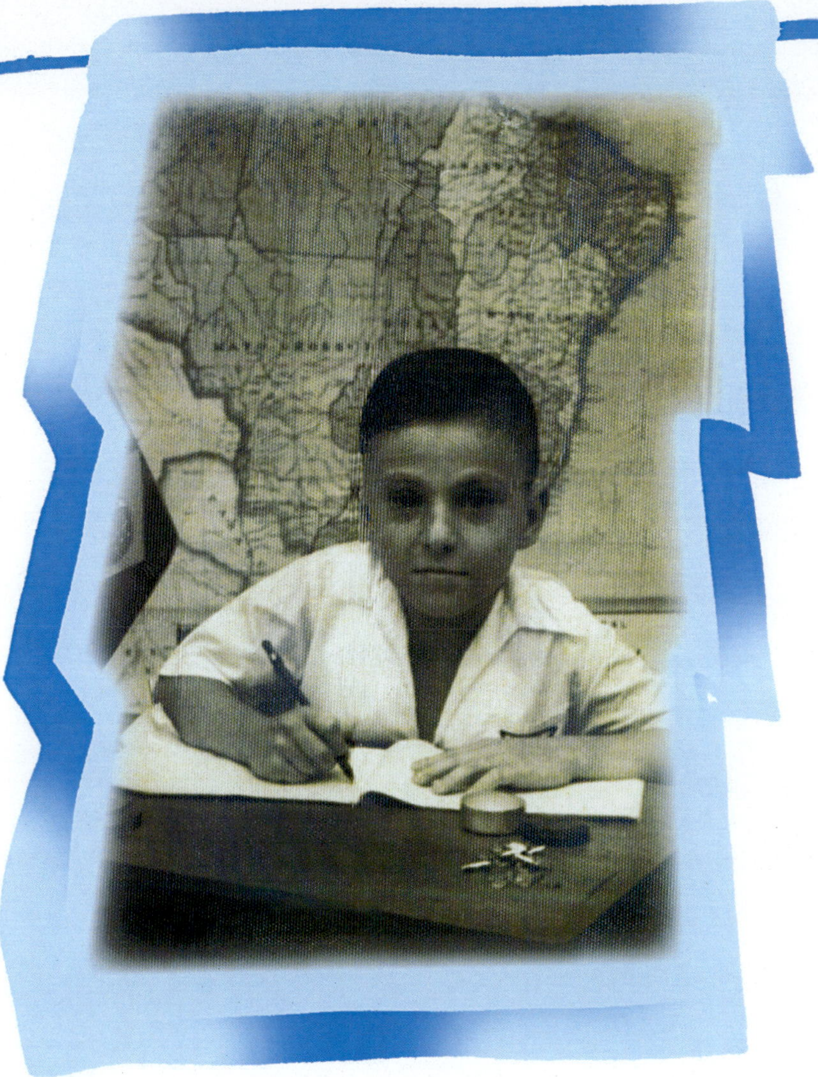

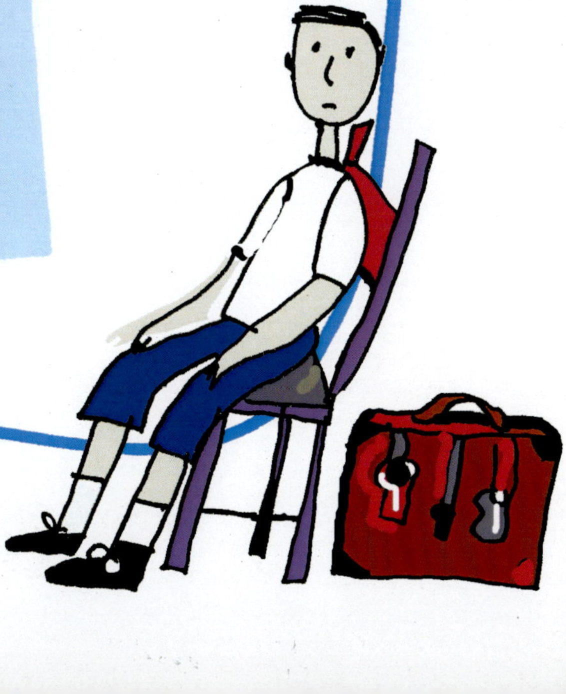

LOJA

A loja do avô é linda. Como se vendesse sonhos, os mais deliciosos desejos. Brinquedos, bonecas, linhas, pipas, botões, lápis, cadernos, decalques, papéis de seda de todas as cores, cartolinas, cartões postais. E no meio de todas essas maravilhas, atrás do balcão, o avô sentado, sério, como um cão de guarda. Nada para se pegar, tudo só para ver de longe, a pior maldade.

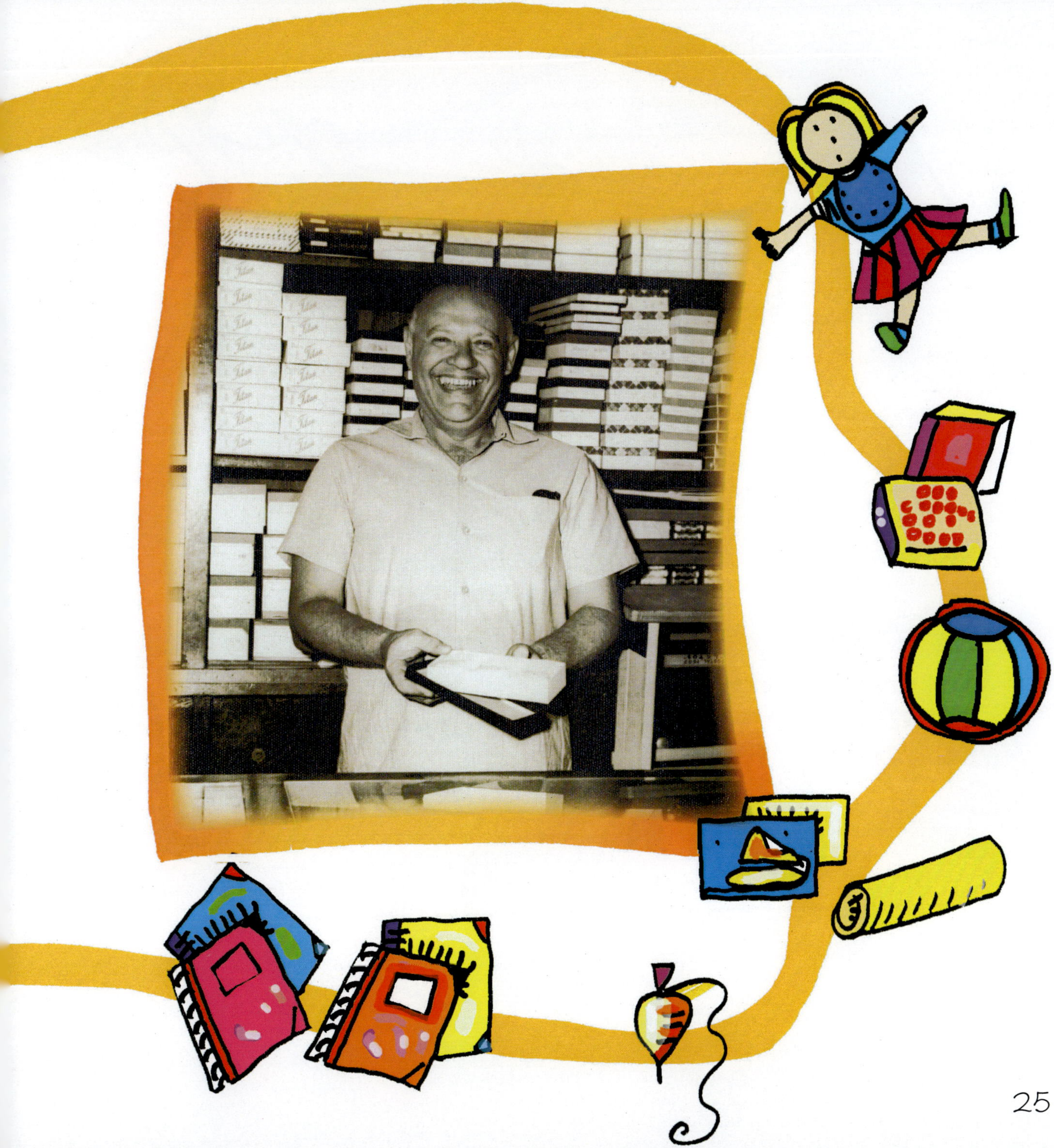

FÉRIAS

Uma vez as tias, os primos e os avós saíram juntos de férias. Alugam uma grande casa numa praia, numa ilha. O primo levado é o chefe de tudo. Acham tesouros, se perdem. São náufragos. Ciganos. Piratas. Pescam, limpam os peixes, a avó frita. De noite o primo conta histórias de terror. Todos morrem de medo e dormem felizes, apavorados. Último dia, na beira do cais, a família inteira sorri.

27

Querida mãe

 Estive aqui pra te dar um beijo, mas você não estava. Imagine que achei um álbum de retratos entre minhas coisas. Como será que foi parar lá em casa? Mistérios. Eu estou no meio dos netos, pequenininha, lá no fundo, toda empoeirada. Faz tanto tempo que os avós se foram, e você, a primeira filha deles, é que já vai ser avó!

 Espero que você goste de rever estas fotos.

 Me telefona depois.

 Beijos,

  tua filha

   Roseana

29

30

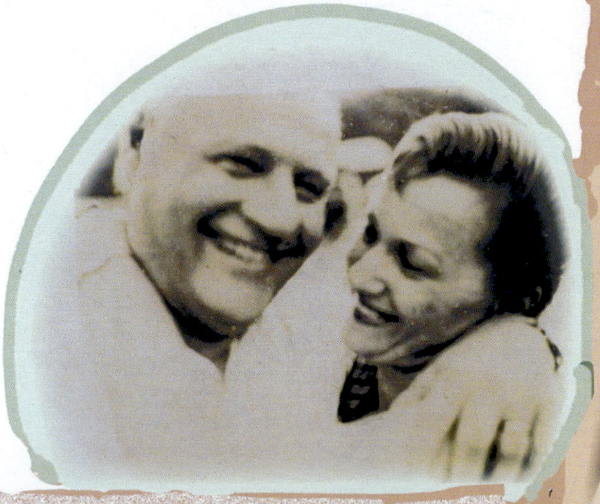

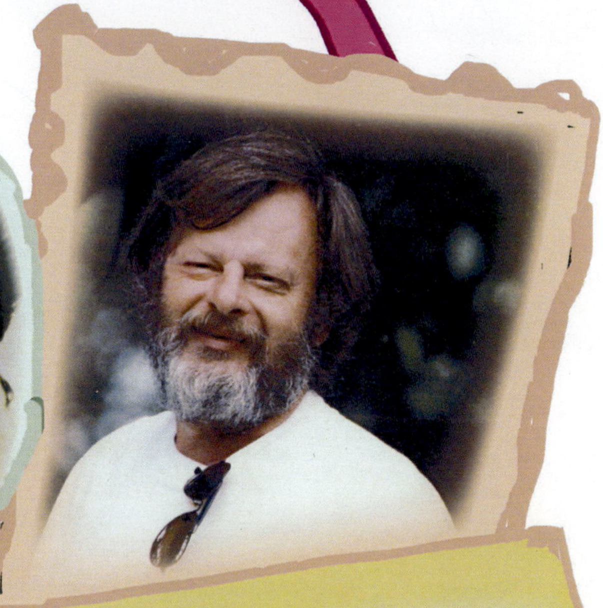

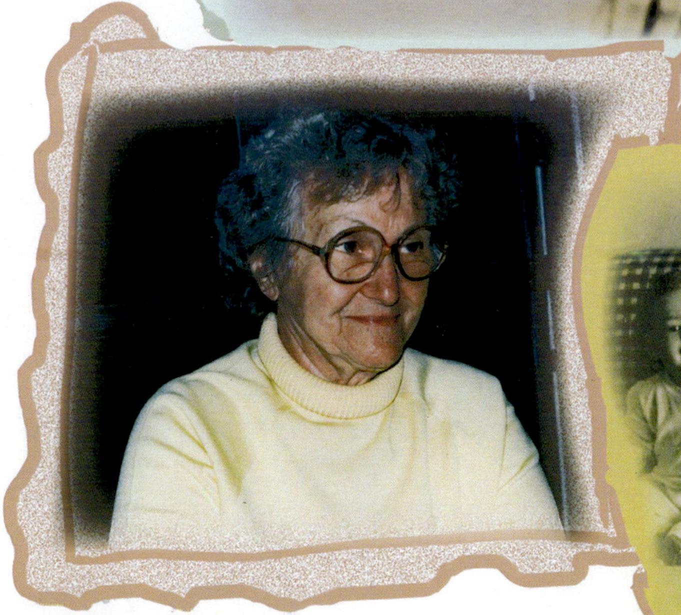

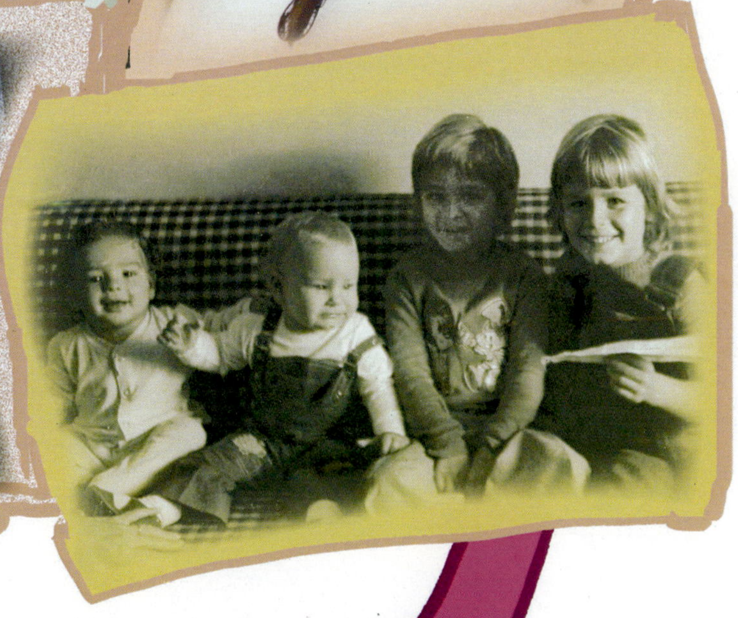

Roseana Murray nasceu no Rio de Janeiro em 1950. Graduou-se em literatura e língua francesa em 1973. Em 1980, publicou seu primeiro livro infantil.
Hoje, tem mais de cinquenta livros publicados e já recebeu diversos prêmios por suas obras.